© 2006, Editorial Corimbo por la edición en español
Av. Pla del Vent 56, 08970 Sant Joan Despí, Barcelona
e-mail: corimbo@corimbo.es
www.corimbo.es
1ª edición abril de 2006
Traducción al español: Anna Coll-Vinent
© 1994, l'école des loisirs, París
Título de la edición original: « Patatras! »
Impreso en Francia por Mame, Tours
ISBN: 84-8470-235-9

Philippe Corentin

¡Cataplum!

corimbo

¡Vaya! No parece muy contento, el animal.
¿Qué le pasa?

Lo que le pasa es que tiene hambre. ¡Es un lobo!
Un lobo malo, no uno bueno. ¡Nada menos que un lobo feroz!

Sin embargo, a él le encantaría ser bueno, pero ¿con quién?
Nadie le quiere. Se ríen de él, le gastan bromas…

La verdad es que no es tan bueno como querría,
pero tampoco es tan malo como cabría esperar.

Sólo hace de lobo feroz cuando tiene hambre.

¡Ojo! Aunque parezca gracioso,
no hay que fiarse de él. Tiene un hambre feroz.

Es un tragón de aúpa.

Normalmente, una madriguera llena de zanahorias está llena
de conejos.

Debería haber conejos por todas partes. ¡Qué raro!
¿Dónde se habrán metido?

Es la hora de comer. Deberían estar todos sentados en la mesa.
Tiene hambre, el lobo.

Cada vez está más y más hambriento.

Es un comilón. Es un salvaje.
¡Es una bestia!

No le gusta nada ni nadie.

¡Ah, sí! Le gusta mucho juguetear,
pero nunca nadie quiere jugar con él.

¡Está claro que nadie le quiere!

Hoy mismo, por ejemplo, es su cumpleaños.
¿ Quién se ha acordado ? ¡ Nadie !

Todo el mundo lo mira con malos ojos.

Huyen de él, le ignoran. Y eso le duele.
Se echaría a llorar.

¡Ya viene! ¡Ya viene!

¡Cataplum! ¡Se ha caído al suelo!

«Cum-ple-a-ños fe-liz,

cump-ple-a-ños fe-liz...», cantan todos.

¡Vaya! Parece contento, el lobo. ¡Qué alegría!
¡Esto sí que es un cumpleaños como es debido!